ग़ज़लों ने लिखा मुझको

ग़ज़लों ने लिखा मुझको

नन्दलाल पाठक

वाणी प्रकाशन

वाणी प्रकाशन

4695, 21-ए, दरियागंज, नयी दिल्ली 110 002

शाखा

अशोक राजपथ, पटना 800 004

फ़ोन : +91 11 23273167 फ़ैक्स : +91 11 23275710

www.vaniprakashan.in
vaniprakashan@gmail.com
sales@vaniprakashan.in

GHAZALON NE LIKHA MUJHKO
by Nandlal Pathak

ISBN : 978-93-5229-667-5

Ghazals

प्रथम संस्करण

मूल्य : ₹150

सिटी प्रेस, दिल्ली-110 095 में मुद्रित

वाणी प्रकाशन का लोगो मक़बूल फ़िदा हुसेन की कूची से

समाज सेवा के लिए पद्मभूषण से विभूषित
गरिमामयी राजश्री बिरला को

ग़ज़लों में उतारा है जग जैसा दिखा मुझको।
मैंने लिखीं ग़ज़लें या ग़ज़लों ने लिखा मुझको ॥

भूमिका

काव्य की सबसे जनतान्त्रिक विधा है ग़ज़ल। एक ग़ज़ल में जितने शे'र हों, सबका कथ्य एक-दूसरे से स्वतन्त्र हो सकता है, केवल रूप की समानता आवश्यक है। इस प्रकार विविधता में एकता का सुन्दर उदाहरण है ग़ज़ल। विषयगत विविधता होते हुए भी ग़ज़ल के शे'रों में सहअस्तित्व की भावना कमाल की बात है। छन्द, काफ़िया और रदीफ़ की शर्त मानकर आप ग़ज़ल के अनन्त आकाश में कल्पना की मनचाही उड़ानें भर सकते हैं। ग़ज़ल एक ऐसी माला है, जिसके हर फूल का अपना अलग रंग हो सकता है। होता ही है।

यह सुविधा गीत और प्रगीत में नहीं है। पूरे गीत के सभी पदों में एक ही भाव का पल्लवन होना चाहिए। शर्त यह है कि अभिव्यक्ति की पुनरावृत्ति न हो, हर पद में नवीनता हो। अगला पद पिछले पद का ही पिष्टपेषण न हो। गीतों में अक्सर खींचतान का दोष आ जाता है। श्रेष्ठ कवि ही गीत के प्रत्येक पद को नवीनता दे पाते हैं। कहने को गीत मुक्तक काव्य की श्रेणी में आता है, लेकिन आन्तरिक प्रबन्धात्मकता भी निहित रहती है।

ग़ज़ल अच्छे अर्थों में मुक्तक में मुक्तक है। ग़ज़ल स्वयं मुक्तक है। ग़ज़ल का हर शे'र अपने आगे और पीछे के शे'र से कथ्य में मुक्त है। आज के युग में, अगर ग़ज़ल जैसी चीज़ न होती तो शायद गीत में ही ग़ज़लनुमा विभाजन शुरू हो गया होता। गीत में जो रूपात्मक

सुधार ज़रूरी हो गया था, वह ग़ज़ल के स्वतन्त्र शे'रों ने कर दिया।

ग़ज़ल की सबसे बड़ी कृपा यह है कि वह गेयतामुक्त नहीं हो सकती। वह हमेशा से संगीत की छाया में फूली-फली है। ग़ज़ल एक ऐसा मुक्तक है जो मुक्त छन्द में नहीं लिखा जा सकता। उसे संगीत का वरदान सुन्दरता प्रदान करता है। शब्द और संगीत का सबसे सुन्दर संगम है ग़ज़ल। संगीत से ग़ज़ल को दीर्घ जीवन मिलता है। संगीत बिना शब्द के, केवल स्वर के सहारे अमर हो सकता है, किन्तु शब्द को अमरता चाहिए तो उसे संगीत की बैसाखी चाहिए ही। ग़ज़ल का बाज़ार इसका प्रमाण है। संगीत के अच्छे से अच्छे उच्च कोटि के आयोजन ग़ज़ल के सहारे चलते हैं।

छायावाद सब तरह से रागात्मक और अनुरागात्मक रहा। ग़ज़ल भी राग और अनुराग का मेल है। छायावाद इतिहास की वस्तु बन गया, किन्तु ग़ज़ल ने प्रगतिशीलता को अच्छी तरह अपनाया। ग़ज़ल का युगबोध सराहनीय है। जीवन और जगत, देश और समाज की दिशा, दशा और दुर्दशा का सुन्दर से सुन्दर कलात्मक चित्रण ग़ज़लों में हो रहा है। जैसे अख़बार के हर पृष्ठ पर कई कालम होते हैं। एक ही पृष्ठ पर होते हुए भी सभी कालम कथ्य की दृष्टि से एक-दूसरे से अछूते और स्वतन्त्र होते हैं। उसी तरह एक ग़ज़ल के सभी शे'र फ़ार्म में समान होकर भी काण्टेण्ट की दृष्टि से स्वतन्त्र होते हैं। ग़ज़ल की 'ज़मीन', 'काफ़िये' और 'रदीफ़' शे'रों को ग़ज़ल तक ले जाते हैं। इसे कहते हैं विविधता में एकता। ऐतिहासिक परिस्थितियों ने ग़ज़ल को हिन्दी में आज अद्वितीय लोकप्रियता प्रदान कर रखी है। काव्य का अन्य कोई भी रूप संयम का इतना पालन नहीं करता, जितना ग़ज़ल करती है। आप इस विधा के साथ कोई खिलवाड़ नहीं कर सकते। ग़ज़ल छन्दरहित और अतुकान्त नहीं हो सकती। डिक्टेटरशिप ऐसी कि आपको एक साँचे का आदि से अन्त तक निर्वाह करना होगा। आज़ादी ऐसी कि जितने शे'र उतनी बातें!

ग़ज़ल हिन्दी में उर्दू से आयी। उर्दू में फ़ारसी से और फ़ारसी में अरबी से आ चुकी थी। फ़ारसी और उर्दू में इसका अभूतपूर्व विकास हुआ। उर्दू ग़ज़ल का जन्म और विकास भारत में हुआ। अगर उर्दू ग़ज़लें न होतीं तो हिन्दी ग़ज़ल भी नहीं हुई होती। भाषिक समानता होने के कारण सरल उर्दू में लिखी ग़ज़ल हिन्दी ग़ज़ल हो जाती है। हिन्दी ग़ज़ल ने उर्दू ग़ज़ल से बहुत कुछ सीखा। यूँ कहिए सीखने की कोशिश की और कुछ कामयाबी भी मिली। यह प्रवृत्ति इतनी बढ़ी कि हम उर्दू ग़ज़ल की नकल करने लगे। जबकि हमें उर्दू ग़ज़ल से प्रेरणा लेकर हिन्दी ग़ज़लें लिखनी चाहिए थीं। परिणाम अच्छा नहीं रहा। उर्दू ग़ज़ल आज भी फ़ारसी ग़ज़ल की पकड़ से बाहर नहीं निकल पायी। उर्दू ग़ज़ल के कथ्य पक्ष पर आज भी ईरानी संस्कृति की ज़बर्दस्त छाप है।

ग़ज़ल गायकी भारत में बहुत लोकप्रिय है। उर्दू साहित्यिक परम्परा से अनभिज्ञ भारतीय श्रोता भी गर्दनें हिलाते हैं, झूमते हैं, लेकिन वे साहित्य का मज़ा कम, संगीत का मज़ा ज़्यादा लेते हैं। उर्दू मुशायरों में लोकप्रिय शायरों की ग़ज़लों का अर्थ आधा ही समझने वाले हिन्दी भाषी भी वाह-वाह करते हैं। उन्हें नहीं पता कि शे'रों में प्रयुक्त फ़ारसी प्रतीकों, मिथकों, रूपकों, उपमाओं, रांकेतों और परम्पराओं को वे जानते ही नहीं। पूरी फ़ारसी संस्कृति अपनी गहनता के साथ उर्दू ग़ज़ल के केन्द्र में अभी भी मौजूद है। उर्दू भले उससे मुक्त न होना चाहे, हिन्दी को उससे बचना होगा, नहीं तो हम पग-पग पर ग़लत होते रहेंगे। फ़ारसी जीवन-दर्शन, चिन्तन, संस्कृति और सामाजिकता को जाने बिना हम दूर बैठकर ग़ज़लों में उनका प्रयोग करके हास्यास्पद न बनें, यह ध्यान में रखने की बात है। हम पहले से ही 'बावजूद भी', 'हालातों' और 'ख़िलाफ़त' जैसी अनेक भूलों के शिकार हो चुके हैं।

आदम, हव्वा शैतान, नूह, नमरूद, यूसफ़ जुलेखा, मसीहाई मंसूर, दारो-रसन, महमूद अयाज़ आदि को जाने बिना हम इनका उपयोग नहीं कर सकते। एक शब्द लीजिए 'जुल्म'। हम नहीं जानते कि हम

इसका अर्थ नहीं जानते। माशूक़ के ज़ुल्मों की ऐतिहासिक परम्परा को जानना ज़रूरी है।

फ़ारसी कविता की सामग्री का उर्दू कविता ने बहुत ही सफलता से उपयोग किया है। लेकिन वही सामग्री 'हिन्दी ग़ज़लकार' के लिए विदेशी है, अर्धपरिचित है। एक प्रतीक 'शराब' को लीजिए। इससे कितना काम लिया है उर्दू कविता ने। उसे फ़ारसी में शराब से जुड़ा साहित्यिक ख़ज़ाना मिल गया। उर्दू ने अपनी ओर से इसमें और वृद्धि की।

"ज़ाहिद शराब पीने दे मस्जिद में बैठकर
या वह जगह बता कि जहाँ पर ख़ुदा न हो।"

वेदान्त की गहराई तक पहुँचा हुआ यह शे'र शराब के सहारे खड़ा है।

चमन, बुलबुल और गुल से आगे बढ़िए तो सामना होगा आशियाँ, बागबाँ, सय्याद, कफ़स, बर्क आदि से। उन्हें सँभाल पाना या उनके उपयोग में नवीनता लाना हिन्दी कवि के बस की बात नहीं।

शमा परवाना, साहिल कश्ती, तूफ़ान, नाख़ुदा से हिन्दी ग़ज़लकार को बचना चाहिए। उसका हर प्रयोग बासी सिद्ध होगा।

इसी प्रकार शैख, ज़ाहिद, वाइज, नासेह, क़ासिद, रकीब, ग़ैर, दैर, हरम, बुत, हूर, कौसर, हश्र, कयामत, साक़ी, मकतल जैसे सैकड़ों शब्द ऐसे हैं, जिनके पूरे सन्दर्भ को समझे बिना हम जिन्हें अपना नहीं सकते और अब ज़रूरत भी नहीं है।

भारतीय साहित्य और संस्कृति की परम्परा बहुत ही समृद्ध है। आदि कवि वाल्मीकि से लेकर भवभूति, व्यास, कालिदास, भर्तृहरि, अश्वघोष आदि महाकवियों ने भारतीय सामग्री का पूरा उपयोग किया है। उनकी समृद्ध रचनाओं पर हमें गर्व है। हमें उनसे प्रेरणा लेनी चाहिए। सौभाग्य से हमें ग़ज़ल जैसा युगानुकूल माध्यम मिल गया है। भारतीय काव्य सामग्री को हिन्दी ग़ज़लकारों की प्रतीक्षा है। अनजानी सामग्री की तुलना में जानी पहचानी काव्य सामग्री का उपयोग अधिक

उपयुक्त होगा। हम नकली काव्य रचना से बच जाएँगे। हिन्दी ग़ज़ल को हर हाल में हिन्दी कविता का अंग बनना होगा। वह कब तक अलग-थलग पड़ी रहेगी।

सबसे महत्त्वपूर्ण बात यह है कि हिन्दी ग़ज़ल अरबी-फ़ारसी तरकीब और इज़ाफ़त से बचे। दुनिया की भाषाओं में शब्दों का आदान-प्रदान होता रहता है, लेकिन कोई भी भाषा किसी भाषा से व्याकरण उधार नहीं लेती। व्याकरण उधार लेना भाषा की आत्महत्या है। 'कम्पनीज़' भारत में 'कम्पनियाँ' हो जाती हैं। यही वैज्ञानिक है। हम शे'रों से काम लें, 'अशआर' तक न जाएँ। शायरों से मिलें 'शुअराओं' से नहीं। 'आबे गंगा' सही है पर 'जले गंगा' नहीं चलेगा। अरबी-फ़ारसी के सभी परिचित और लोकप्रिय शब्द ले लो। हिन्दी व्याकरण से उनका शृंगार करो और उन्हें हिन्दी शब्द समूह में जगह दो। विकसनशील भाषा का यही धर्म है।

उर्दू में शे'र 'कहते' हैं। उर्दू के मँजाव में इस 'कहने'—बोलचाल की भाषा का भी महत्त्व है। उर्दू के मुशायरों में उर्दू प्रस्फुटित हुई। गुरु-शिष्य परम्परा के कारण वहाँ संयम अधिक है। श्रोताओं में शायर का सम्मान है।

हिन्दी कवि सम्मेलनों में बड़ी छूट है। हिन्दी में 'लिखते' जो हैं। इसलिए मंच से हिन्दी को कोई विशेष लाभ नहीं हुआ। हास्य कवि सम्मेलनों ने कविता को कभी गम्भीरता से लिया ही नहीं। भाषा का बिखराव चलता रहा।

उर्दू के महान शायरों से मिलने का सौभाग्य मुझे विद्यार्थी जीवन से ही मिलता रहा। मेरी शिक्षा बनारस हिन्दू विश्वविद्यालय में हुई। लोकप्रिय शायर नज़ीर बनारसी मेरे घनिष्ठ मित्र थे। वे मुझसे उम्र में बहुत बड़े थे, लेकिन व्यवहार याराना रखते थे। नज़ीर साहब 'जिगर' मुरादाबादी के शागिर्द थे। नज़ीर से मिलकर मुझे हिन्दुस्तान और पाकिस्तान के कई महान शायरों से मिलने का मौक़ा मिला। जिनमें जिगर, फ़िराक़ जैसे शीर्षस्थ शायर भी थे। उन सबसे मैं प्रभावित हुआ।

मेरा अधिकांश जीवन मुम्बई में बीता। अपनी लम्बी आयु में मैं जीवन भर शिक्षक रहा। हो सकता है मेरी रचनाओं में इसी कारण कहीं-कहीं उपदेशात्मकता आ गयी हो। कवि का काम संकेतों में सन्देश देना हो सकता है, आदेश, निर्देश और उपदेश देना बिल्कुल नहीं। अपनी रचनाओं को अपने शिष्य वर्ग को सुनाकर मैं आनन्दित होता रहा। उनकी प्रतिक्रियाओं से मैंने अपनी राह बनाई। उनका आभारी हूँ जिनको थोड़ा बहुत सिखाते हुए जिनसे मैंने बहुत कुछ सीखा। इस मण्डली में रेणु नरेश सराफ, विनीता अरविन्द कानोड़िया, माधुरी धूत, गंगा प्रसाद लोयलका, निर्मला शचीन्द्र त्रिपाठी, सुमन वीरेन्द्र जैन का विशेष योगदान रहा। यही थे इस महायज्ञ के ऋत्विज।

यज्ञ की राख हूँ तिलक कर लो
ज़िन्दगी मैंने खुद हवन की है।

वाणी प्रकाशन को धन्यवाद देने योग्य मेरे पास शब्द नहीं हैं।

विजयादशमी 2016

–नन्दलाल पाठक

अनुक्रम

1

वक़्त का साज़ है ग़ज़ल मेरी।
ख़ास अन्दाज़ है ग़ज़ल मेरी।

मेरे, तेरे, तमाम दुनिया के,
दिल की आवाज़ है ग़ज़ल मेरी।

आसमाँ देखता है हैरत से,
ऐसी परवाज़ है ग़ज़ल मेरी।

एक सी धड़कनें हैं हर दिल में,
सबकी हमराज़ है ग़ज़ल मेरी।

आनेवाला है इनक़लाब जो कल,
उसका आग़ाज़ है ग़ज़ल मेरी।

मैंने कुछ लोगों से सुन रखा है,
'क़ाबिलेनाज़' है ग़ज़ल मेरी।

2

झुलसती भूमि को पानी मिला है।
हमें बादल महादानी मिला है।

हमारे पास नेता भी नहीं था,
हमें अब एक सेनानी मिला है।

हृदय पाया है उसने मोम जैसा,
इरादा किन्तु चट्टानी मिला है।

बुलन्दी छू सका है कौन उसकी।
हिमालय का कहाँ सानी मिला है।

धरा पर रख दिया है शीश उसने
विलक्षण एक अभिमानी मिला है।

मची हलचल है अब मुर्दा दिलों में
जो भर दे प्राण, वह प्राणी मिला है।

कहो, सरहद न लाँघें अब बवण्डर
हमें वरदान तूफ़ानी मिला है।

3

ये पानी की कला है रूप जो दे दो वही होना।
कभी बादल, कभी झरना, कभी बहती नदी होना।

मेरा सपना नहीं है सन्त या सम्राट बनने का,
बहुत है आदमी का, आदमी सा, आदमी होना।

अँधेरे और उजाले साथ रहते हैं, पड़ोसी हैं,
ये मुमकिन ही नहीं हर रात जगमग चाँदनी होना।

जो भीतर हैं वे बाहर वालों को घुसने नहीं देते,
ये गन्दी बात है मन्दिर में ऐसी गन्दगी होना।

वे कैसे लोग थे, कहते थे अपने को पुरुष कैसे?
जिन्हें मंज़ूर था असहाय नारी का सती होना।

वो पति की प्रेरणा, सुख दुख की साथी हो, सुभाषी हो,
ज़रूरी तो नहीं गृहलक्ष्मी का उर्वशी होना।

इबादत है ख़ुदा की हुस्न के आगे झुकाना सर
अब इसके और आगे सोचना है लालची होना।

मेरी नज़रों का धोखा है कि दिन लौटे तुम्हारे हैं
कभी देखा नहीं था फूल का फिर से कली होना।

जनम सन्तान को देकर भी जो माँ बन नहीं पाती,
बहुत सी औरतों के भाग्य में है देवकी होना।

किसी भी कर्मयोगी के लिए दोनों बराबर हैं
रचाना रासलीला या समर में सारथी होना।

4

रात रात भर रहे दौड़ते फिर भी नहीं किरण तक पहुँचे।
मन्दिर मन्दिर तीरथ तीरथ भटके सिर्फ़ थकन तक पहुँचे।

असली गोपीभाव उसी का असली राधातत्व उसी में
जो अपने आसन पर बैठे बैठे वृन्दावन तक पहुँचे।

मन्दिर से मठ तक फैली है संन्यासी के धन की माया,
बन्धन से छुटकारा पाने निकले थे बन्धन तक पहुँचे।

जितना देता है उतनी कीमत वसूल लेता है जीवन,
वहीं विरह की नींव पड़ गयी प्रेमी जहाँ मिलन तक पहुँचे।

कितना क्षणभंगुर होता है यौवन का मादक आकर्षण,
इन्द्रधनुष के रंग उड़ गये जब तक दृष्टि गगन तक पहुँचे।

हम तो तट पर बैठे-बैठे महल बनाते रहे रेत के
सुधाकलश उनको मिल पाया जो सागर मन्थन तक पहुँचे।

जीवन का कुछ अर्थ न समझा अर्थ न दे पाये जीवन को
जग में भूखे नंगे आये रोटी और कफ़न तक पहुँचे।

5

ज़िन्दगी भर साथ कुछ मजबूरियाँ चलती रहीं।
उत्सवों के साथ ही वीरानियाँ चलती रहीं।

क़हक़हों का ज़ोर था मैं भी अचानक हँस पड़ा,
दिल की दुनिया में मगर ख़ामोशियाँ चलती रहीं।

हमसफ़र होकर भी हम बिल्कुल अपरिचित ही रहे,
साथ ही नज़दीकियों के दूरियाँ चलती रहीं।

रुक गया मैं साँस लेने को चढ़ाई देखकर,
चींटियों को देखता हूँ चींटियाँ चलती रहीं।

रोटियों की खोज में थककर भिखारी सो गया,
स्वप्न में भी चाँद जैसी रोटियाँ चलती रहीं।

ज़िन्दगी का अर्थ है पक्के इरादों का सफ़र,
कट गये जब पाँव तब बैसाखियाँ चलती रहीं।

कल करिश्मा था जो अब है खेल बाएँ हाथ का,
सीढ़ियों पर मैं खड़ा था सीढ़ियाँ चलती रहीं।

मैं समझता था प्रगति की राह पर हूँ चल रहा,
किन्तु मेरे पाँव पकड़े रूढ़ियाँ चलती रहीं।

कोशिशें कीं लाख तुमसे दूर जा पाया न मैं
दूर जाने की महज़ तैयारियाँ चलती रहीं।

6

प्रश्न से भागा तो उत्तर खो गया।
ज्योतिषी के घर मुक़द्दर खो गया।

तेरे घर आया था मत्था टेकने,
जाने किस दर पर मेरा सर खो गया।

गढ़ लिया पत्थर में मैंने देवता,
देवता बनते ही पत्थर खो गया।

डर के मारे भागता फिरता था मैं,
डर से जब आँखें मिलीं डर खो गया।

अब हैं रिश्तों की दुकानें घर में भी
घर हुए बाज़ार हैं घर खो गया।

बूँद बढ़कर महासागर से मिली,
बूँद में ही महासागर खो गया।

7

जीने की कशिश में ऐसा भी होता है कि मरना पड़ता है।
धरती से गले मिलने के लिए बादल को बिखरना पड़ता है।

जीना है समस्या कोई तो जीना ही समस्या का हल है,
जो दौर गुज़ारे गुज़रे नहीं, उससे भी गुज़रना पड़ता है।

हालात की ठोकर खाते हुए जा पहुँची जो नारी कोठों पर,
उस लाश को ज़िन्दा रहने को हर रोज़ सँवरना पड़ता है।

जंगल में सियासत के देखो जिस ओर उधर हैं नरभक्षी,
इंसान नहीं कर सकता वह नेता को जो करना पड़ता है।

एहसान है माटी का हम पर सब उसकी नज़र में एक से हैं,
शाहों को भी तख़्तों से नीचे क़ब्रों में उतरना पड़ता है।

8

मैं कल आया था आज चला जाऊँगा।
लेकिन बुझती ज्वाला धधका जाऊँगा।

अँधियारों के छिपने की जो जगहें हैं,
सूरज को उनका पता बता जाऊँगा।

तलवारों ने अब तक जो तर्क दिये हैं
उन तर्कों की धज्जियाँ उड़ा जाऊँगा।

मैं भले डूब जाऊँ पर उससे पहले,
नौका धारा के पार लगा जाऊँगा।

मैं दीप आरती का हूँ लघु जीवन में,
पावन सुगन्ध का ज्वार उठा जाऊँगा।

9

नरक का, स्वर्ग का, उस पार का वर्णन ज़रूरी है।
हमें विस्तार देने के लिए त्रिभुवन ज़रूरी है।

मरुस्थल में बदलती जा रही है प्यार की धरती,
हमारे दिल के भीतर एक वृन्दावन ज़रूरी है।

ज़रूरी छत है सर पर धूप से बारिश से बचने को
वृहत आकाश से जुड़ना हो तो आँगन ज़रूरी है।

ये दुनिया है यहाँ हर एक की अपनी महत्ता है
कहानी राम की कहनी हो तो रावण ज़रूरी है।

गया संग्राम युग अब सुर असुर सहयोग युग आया
नये सन्दर्भ में फिर सिन्धु का मन्थन ज़रूरी है।

मेरा क्या, दिन गुज़र जाएगा मेरा फ़ाकेमस्ती में,
न जाए 'साधु' भूखा इसलिए कुछ धन ज़रूरी है।

हवन की आग में आहुति बनेंगे आज के विषधर
जलानी हो कोई भी आग तो ईंधन ज़रूरी है।

समय को जो बदल दे, बल वो मन को मन से मिलता है
किसी मन से किसी का मेल खाता मन ज़रूरी है।

10

न हीरे की न मोती की न कंचन की ज़रूरत है।
सभी कुछ है, हमें थोड़े समर्थन की ज़रूरत है ॥

जो कुनबा तोड़कर अपना हमारे घर चला आये,
हमें हर एक कुनबे से विभीषण की ज़रूरत है।

कटोरे में हमारे फेंक दो खोटे खरे सिक्के,
हमें सिक्कों की गिनती और खनखन की ज़रूरत है।

भले ही अल्पमत में हैं हमें बहुमत दिखाना है,
ये संसद है, यहाँ केवल प्रबन्धन की ज़रूरत है।

हमारी छाँह में दुःशासनों की भीड़ पलती है,
मगर तुमको न जाने किस सुशासन की ज़रूरत है।

अभी कुछ और गद्दी के मज़े ले लेने दो हमको,
'ययाती' को अभी कुछ और यौवन की ज़रूरत है।

दलाली कोयले की हाथ काले कर गयी, पर अब–
सुना है मुँह हुआ काला है दर्पण की ज़रूरत है।

करेगा घास से जो दोस्ती खाएगा क्या घोड़ा?
हमारे मन्त्रिमण्डल को भी भोजन की ज़रूरत है।

हमारे दुश्मनों ने कर दिया है हमको मृत घोषित,
जो मुर्दा ढो सके अब ऐसे वाहन की ज़रूरत है।

11

नभ रहे नीला धरा धानी रहे।
साँस ले पाने में आसानी रहे।

चाँद धरती पर उतरना चाहता है,
शर्त है तालाब में पानी रहे।

ज़िन्दगी पाती रहे संजीवनी,
सूर तुलसी मीर की बानी रहे।

याद आता रहे रह रह कर कोई,
ख़ूबसूरत सी परेशानी रहे।

उसकी सुन्दरता के क्या कहने हैं, जो–
अपनी सुन्दरता से अनजानी रहे।

हरी धरती द्रौपदी की लाज है
किसी कौरव की न मनमानी रहे।

हम नदी को मानते आये हैं माँ
कोई माँ होकर न बेपानी रहे।

काम ऐसे हों कि जीवनदान दें
मौत जैसा लफ़्ज़ बेमानी रहे।

मिले रोटी, मिले कपड़ा, हो मकान
साथ मेरे रात की रानी रहे।

12

कवि ने ही सपने बोए थे तब तुम आज फ़सल तक पहुँचे।
आँसू बहुत बहाए कवि ने तब तुम गंगाजल तक पहुँचे।

सरिताओं की कलकल वाणी का कवि ने ही अर्थ लगाया,
किसने दी प्रेरणा तुम्हें जो लहरों की पायल तक पहुँचे।

आँखों की सारी सुन्दरता सिर्फ़ निगाहों में बसती है,
वे आँखों वाले अन्धे हैं जो केवल काजल तक पहुँचे।

मेरे अनगिन आँसू मिट्टी में मिलकर बेकार हो गये,
लेकिन वे बन गये सितारे जो तेरे आँचल तक पहुँचे।

जाने तुम क्या सोचो, मैं तो इसी सोच में खड़ा रह गया,
द्वार तुम्हारे पहुँचा भी तो हाथ नहीं साँकल तक पहुँचे।

मेरी नज़रों में वे सब शिव हैं, शंकर हैं, महादेव हैं,
औरों को अमरित देने को जो ख़ुद हालाहल तक पहुँचे।

मुझे पता है तुम भी कल तक मेरे ही जैसे फ़कीर थे,
बेच दिया तुमने ज़मीर जब तब इस रंगमहल तक पहुँचे।

कविता नहीं पहेली, माथापच्ची, या शब्दाडम्बर है,
कविता वह है, जो वाणी से निकले, अन्तस्तल तक पहुँचे।

13

सम्बन्धों का नाम ज़िन्दगी, शापित हैं सब विरह मिलन से।
आज़ादी से डरे हुए हम ख़ुश हैं माया के बन्धन से।

जितनी सच मधुवन की लीला उतना ही सच कुरुक्षेत्र है,
वृन्दावन से मोहन वंचित, राधा वंचित मनमोहन से।

आशाओं, सपनों के पंखों से उड़ान भरता है मानव,
वर्तमान से असन्तुष्ट सब आस लगी भावी जीवन से।

मुस्कानों के लेन देन से सृजन आँसुओं का होता है,
मन को बहलाया जाता है फिर फिर सिसकन से तड़पन से।

तन की माँगें सीमित हैं, लेकिन असीम हैं मन की माँगें,
हम ख़ुश होना नहीं जानते जो मिलता है उस वेतन से।

भूख प्यास ने जन्म दिया है जीवन भर मृगतृष्णाओं को,
'और चाहिए, और चाहिए', तृप्ति नहीं होती कंचन से।

यह संसार राम की लीला सारे हैं संकेत उन्हीं के,
चाहे कौशल्या के आँगन से, चाहे फिर दण्डकवन से।

14

सच की धरती जितना ही है सपनों का आकाश ज़रूरी।
मौत अटल है फिर भी जीवन में है दृढ़ विश्वास ज़रूरी।

एक समय को दूर हटाकर समय दूसरा आ जाता है,
पतझर का धीरे धीरे हो जाना है मधुमास ज़रूरी।

फूलों की शैया पर सोने का भी यदि सौभाग्य मिला हो,
तो भी काँटों पर चल पाने का कुछ है अभ्यास ज़रूरी।

वर्षा का असली सुख तो तपती धरती को ही मिलता है,
स्वाद अगर पाना है तो है भूख ज़रूरी, प्यास ज़रूरी।

मालाओं का बोझ भले ही मन को हलका कर देता हो,
आनन्दित होना हो तो है भीतर का उल्लास ज़रूरी।

अंगारों में तपकर ही तो सोना बन पाता है कुन्दन,
दुनिया को रोशनी नयी देनी थी, था वनवास ज़रूरी।

जो अतृप्त है तन से, मन से उसका है वैराग्य अधूरा,
संन्यासी होने से पहले है कुछ हास-विलास ज़रूरी।

15

कोई तो जीने का रास्ता हो—कभी जो मन में विचार आया।
किसी के आँसू मैं पोंछ आया, किसी की ज़ुल्फ़ें सँवार आया।

झुका है मेरा सर उनके चरणों में दूसरों के लिए जिये जो,
बचा के छोड़ी न एक कौड़ी, कफ़न भी जिनका उधार आया।

कभी तथागत ने सच कहा था कि दर्द ही दर्द ज़िन्दगी है,
ग़ज़ल की सूरत में ढल चुके हैं वे दर्द जिन पर निखार आया।

ख़ुदा की है देन हुस्न सारा हमारा है फ़र्ज़ सर झुकाना
उधर जो पूनम का चाँद निकला, इधर समन्दर में ज्वार आया।

जो बुत हैं पत्थर के जिनके दिल ही नहीं तो धड़कन कहाँ से होगी?
जहाँ मनाही थी दिल को जाने की क्यों नहीं बार बार आया।

मज़ा नहीं जीत में हमेशा कभी कभी हारना है बेहतर
किसी को ख़ुश होते देखना था, मैं जीत सकता था, हार आया।

16

ख़ास में ख़ास हो कि आम रहे।
हर किसी से दुआ सलाम रहे।

फूल तो चाहिए ही जीवन को,
रोटियों का भी इन्तज़ाम रहे।

चाँदनी तुम बटोर लो सारी,
ओस की बूँद मेरे नाम रहे।

इतने भटकाव हैं कि मत पूछो,
अपने मन पर लगी लगाम रहे।

मन से बढ़कर नहीं कोई तीरथ,
मन के भीतर ही चारों धाम रहे।

चाहिए तुमको हर कोई सुविधा,
सोच जंगल में कैसे राम रहे?

ज़िन्दगी कर्ज़ है चुकाता चल,
जितने दिन भी यहाँ क़याम रहे।

मैं अकेले चला हूँ जीवन भर,
कहने को हमसफ़र तमाम रहे।

एक अफ़वाह है ये आज़ादी,
मुक्त होकर भी हम गुलाम रहे।

एक ही कामना रही मन में,
मन हमेशा मेरा अकाम रहे।

17

कलियों को इन्तज़ार है तुम आओ तो खिलें।
मैं तुमसे मिलूँ तब तो ज़मीं आसमाँ मिलें।

अन्धेर है अन्धेर, यहाँ दिन में अँधेरा,
तुम मुस्कुराओ मन के बुझे दीप तो जलें।

अँगड़ाई तुम्हारी करे कोई तो चमत्कार!
मौसम में जान आये, ये पत्ते हिलें-डुलें।

ऐसे तो बदलने से रही बाहरी दुनिया,
भीतर से इनक़लाब उठे, दिल से काम लें।

माहौल में पहले तो नहीं इतनी घुटन थी,
ठिठकी हैं हवाएँ तो कहो आँधियाँ चलें।

रुक जाना यहाँ मौत है, चलना है ज़िन्दगी,
क़दमों को चूमने को हैं बेताब मंज़िलें।

18

कभी उत्थान आया ज़िन्दगी में तो पतन आया।
कभी मरघट सी वीरानी कभी हँसता चमन आया।

मैं उनमें हूँ जिन्होंने गिन के तारे रात काटी है,
न काम आयी धरा जब, काम तब मेरे गगन आया।

ठहाके मारकर हँसना अमीरी अपने दिल की है।
परेशानी है यारों को कहाँ से इतना 'धन' आया?

अचानक ज़िन्दगी में भी बदलते देखे हैं मौसम,
जिधर से लू के झोंके आते हैं, शीतल पवन आया।

किसी की मौत पर यह रोने धोने का तमाशा क्यों?
वे कपड़े ही तो बदले हैं जिन्हें था कल पहन आया।

दवा में ख़र्च पैसे हो गये होते तो क्या होता?
वही पैसे तो काम आये उन्हीं से तो कफ़न आया।

सुहाने हादसे भी ज़िन्दगी को हैं दिशा देते,
न उससे बात मन की हो सकी जिस पर था मन आया।

19

यह हर तरफ़ से उठते सवालों का ज़माना।
सब आईनों को तोड़नेवालों का ज़माना।

सूरज को अँधेरों से सनद माँगनी पड़े,
फिर तो ये ज़माना है दलालों का ज़माना।

अब झूठ मिलाए बिना सच कह नहीं सकते—
टी वी का, रेडियो का, रिसालों का ज़माना।

ख़बरों में मिला देते हैं हम चाशनी अपनी
आया है मिलावट के मसालों का ज़माना।

दो और दो मिलकर ये ज़रूरी नहीं हों चार,
हमको मिला शतरंज की चालों का ज़माना।

इतनी तो कभी गोल नहीं पहले थी धरती,
देखा नहीं था इतने हवालों का ज़माना।

इस दौर में इंसान की पहचान है ग़ायब,
हर ओर है ओढ़ी हुई खालों का ज़माना।

घनघोर अँधेरों में है चलना टटोल कर,
जब तक नहीं आ जाता उजालों का ज़माना।

20

विष की, अमृत की, अब कोई पहचान नहीं है।
अभिशाप से निकला है जो, वरदान नहीं है।

बोझिल हैं सभी दुख से तो कुछ सुख से हैं बोझिल,
ऐसा नहीं कोई जो परेशान नहीं है।

दुनिया को समझ पाना तो है बात दूर की,
ख़ुद को भी समझ पाना कुछ आसान नहीं है।

बेकार की कोशिश है यहाँ पाँव ज़माना,
कोई नहीं ऐसा है जो मेहमान नहीं है।

भगवान करे ख़ूब बिकें मेरी किताबें,
जिनमें है लिखा मैंने कि भगवान नहीं है।

21

रंगों की पहचान खो गयी, क्या सफ़ेद है, क्या काला है?
यही हाल यदि रहा ज़माना और बुरा आनेवाला है।

हमने आज़ादी का युद्ध लड़ा था, कौन यक़ीन करेगा,
सूख गया आँखों का पानी बुझी बुझी अन्तर्ज्वाला है।

लज्जित हैं हिमगिरि के उच्च शिखर यह बौनी फ़सल देखकर,
जो है सबसे गिरा हुआ वह बना हुआ अफ़सर आला है।

जितने भक्षक हैं, रक्षक का वेश बनाये घूम रहे हैं,
'जय गंगे' कहकर गंगा में मिलता हर गन्दा नाला है।

सारे ठेकेदार सफ़ाई के अब कीचड़ बेच रहे हैं,
सारी दाल हुई काली, मत कहो दाल में कुछ काला है।

मोटी गर्दन खोज रहे हैं पेशे से अभिनन्दनजीवी,
जितने यहाँ शिकारी हैं सबके हाथों में जयमाला है।

म्यानों में अब पोल भरी है, सैनिक ने तलवार बेच दी,
जो भी है सुकरात यहाँ उसको अर्पित विष का प्याला है।

या तो उनका ज़हर छीन लो या उनके विषदन्त उखाड़ो,
अपने आस्तीन में जितने साँपों को अब तक पाला है।

22

रोटी मिली नहीं जिसे कपड़ा मिला न हो।
मर कर न क्यों हो खुश जिसे साया मिला न हो।

जल जाय दीप तो भी अँधेरा नहीं मिटता
जिस घर में ढले शाम भी चूल्हा न जला हो।

भगवान मेरे यह मेरी सरकार से कह दे
एक झोंपड़ी तो दे भले दो मंज़िला न हो।

औरों के मामले में तो तब फ़ैसला दूँ मैं
जब खुद मेरे ख़िलाफ़ मेरा फ़ैसला न हो।

यह सच है कि उसका तो भला हो भी चुका है
जो सोचता भी मन में किसी का बुरा न हो।

मुझको तो कोई हश्र में ऐसा नहीं मिला
जिसके ख़िलाफ़ दर्ज कोई मामला न हो।

दिल है तो दिल में कोई तो सूरत ज़रूर हो
मन्दिर वो क्या है जिसमें कोई देवता न हो।

23

चलती संसद को यूँ रोकते रोकते,
आप थक जाएँगे टोकते टोकते।

बोल मीठे न दो बोल पाये कभी,
ढल गयी उम्र विष घोलते घोलते।

कितने दयनीय हैं खेल में हारकर,
फिर भी जय अपनी ख़ुद बोलते बोलते।

खा गये देश की आप, आधी सदी,
भाड़ दिल्ली में रह झोंकते झोंकते।

एक हाथी चला जा रहा शान से,
श्वान हलकान है भोंकते भोंकते।

आपने इतने नाटक किये, देखकर—
रुक न पायी हँसी रोकते रोकते।

पीठ छालों से है भर गयी आपकी,
पीठ अपनी स्वयं ठोंकते ठोंकते।

देश आगे बढ़ेगा खड़े देखिए,
बाल सर के यूँ ही नोचते नोचते।

24

ज़िन्दगी इन्तज़ार में बीती।
बिन पिये ही खुमार में बीती।

एक भी लफ़्ज़ न निकला मुँह से,
मौन रहकर पुकार में बीती।

हाथ फैलाऊँ या न फैलाऊँ–
सोच करते, विचार में बीती।

कितने ही ख़ुशनसीब ऐसे हैं,
जिनकी पूरी बहार में बीती।

दिन गुज़ारे हैं मैंने वादों पर,
यूँ समझिए, उधार में बीती।

चाहता था कि उनका दिल जीतूँ,
अब ये लगता है हार में बीती।

हम निवासी महानगर के हैं
उम्र सारी क़तार में बीती।

25

हमारे देश का कंकाल देखो।
लदी गिद्धों से है हर डाल देखो।

निरर्थक तीर हैं आलोचना के,
मेरे नेता की मोटी खाल देखो।

कहा मन्त्री ने जब भूचाल आया,
विरोधी दल की है यह चाल देखो।

कभी अनशन, प्रदर्शन और धरना,
कभी है फूल, माला, शाल देखो।

जहाँ भी जायेगा दूल्हा बनेगा,
पहनता है वही जयमाल देखो।

सुबह मन्दिर में होंगे उसके दर्शन,
तो मयख़ाने में सायंकाल देखो।

महल से लेके झुग्गी झोंपड़ी तक,
बिछाया है उसी ने जाल देखो।

समूचे देश का दम घुट रहा है,
समूचा देश है भोपाल देखो।

26

रखते हैं चिरागों से दूरी अब शौक नहीं परवानों में।
इस दौर के मजनूँ क्लब को चले, क्यों जाए कोई वीरानों में।

सतयुग, त्रेता, द्वापर, कलियुग के बाद है नेतायुग आया,
संसद में वही, जेलों में वही, मन्दिर में वही मयखानों में।

सपनों की नुमाइश ख़ूब रही, वादों के पुलिन्दे क्या कहने।
बातों में जो उनकी रस है कहाँ कोकिल की सुरीली तानों में।

कीमत हो गिरी रुपये की भले, महिमा है न उसकी घट पायी,
सिक्का तो उसी का चलता है तीरथ में हो या हो थानों में।

नाविक हुए खा खाकर तुन्दिल, है डूब रही नौका बोझिल,
वरना इसे डगमग कर पाते दम इतना कहाँ तूफ़ानों में।

यह दुनिया न पहले ऐसी थी, अच्छों की बुरों से दूरी थी,
सूरत से फ़रिश्ता दिखने की है होड़ लगी हैवानों में।

यह देश सियासत का मारा सब जिसकी उमंगें घायल हैं,
बैठा है चिता पर सपनों की, है आग लगी अरमानों में।

27

वह लहर है और सागर भी।
महासागर और गागर भी।

आदि है वह, अन्त भी है वही,
वह चिरन्तन प्रश्न उत्तर भी।

भूमि पर वह जल, जलद नभ में,
वह सरोवर, सरित, निर्झर भी।

बाहरी नज़रों से ओझल जो,
मन की आँखों से उजागर भी।

रूप उसका दृष्टि के अनुरूप,
देवता वह और पत्थर भी।

लहर में वह जल, लहर जल में
वह अनश्वर और नश्वर भी।

आदमी के स्वप्न की उपलब्धि,
वह धनुर्धर और गिरिधर भी।

देखकर उसका वृहद् विस्तार,
कवि मुखर भी है निरुत्तर भी।

मनुज के मन की वही पूँजी
सभ्यता की कुल धरोहर भी।

बज रहा है काल का डंका,
और वंशी का मधुर स्वर भी।

मनुज के मन के सभी विस्तार—
देवता, गन्धर्व, किन्नर भी।

28

आग होती है जिन ख़यालों में।
रह नहीं सकते बन्द तालों में।

धर्म तो एक जैसे हैं सारे,
दूरियाँ हैं बहुत दलालों में।

मुस्कुराहट में जितनी ताकत है
वह नहीं बर्छियों में, भालों में।

जो अँधेरों के कारोबारी हैं
उनका दम घुटता है उजालों में।

ज़िन्दगी में उतर मेरे भगवान!
रह चुके बहुत दिन शिवालों में।

अन्त कोई नहीं सवालों का
मन को उलझा नहीं सवालों में।

ज़िन्दगी को उजाड़ देता है,
बस गया गर कोई ख़यालों में।

29

आकाश की छत है, कोई दीवार न दर है।
फ़ुटपाथ कोई घर तो नहीं होता, मगर है।

फ़सलों के आसपास उगे घासपात सा,
इस शहर में क्या ख़ूब हुआ अपना गुज़र है।

पाला है हमें धूप ने, बारिश ने जतन से,
अब वक़्त की बौछार का हमको नहीं डर है।

पतवार को अब चाहिए साहस का सहारा,
इस ओर मगरमच्छ हैं, उस ओर भँवर है।

जीना है अकेले यहाँ, मरना है अकेले,
कन्धा न मिले लाश को यह ऐसा नगर है।

30

अब और न उलझाओ उस पार की बातों में।
जन्नत की, जहन्नुम की बेकार की बातों में।

हिम्मत न जुटा पाया मधुमास के स्वागत की,
गुज़री हैं बहारें भी पतझार की बातों में।

अँगड़ाई उषा ने ली मैं देख नहीं पाया,
बरबाद हुईं सुबहें अख़बार की बातों में।

ये मन्दिरों के चक्कर ये मस्जिदों के फेरे,
भगवान को लाते हो व्यापार की बातों में।

सपने बड़े मीठे हैं वादे बड़े मोहक हैं,
मिसरी घुली रहती है सरकार की बातों में।

फ़ुरसत कभी तुमको हो तो प्यार की बातें हों,
अब तक तो हैं दिन बीते अधिकार की बातों में।

31

असन्तोष है, व्यथा घनी है।
घर घर में अब तनातनी है।

आँगन में तब सारा नभ था,
अब छोटी सी बालकनी है।

मेरे नहीं किसी के हैं ये,
छाता-टोपी सब मँगनी है।

सारी रात मेह बरसा है,
बिरहिन का सीना छलनी है।

पंचों का मत सर आँखों पर
नाली किन्तु यहीं बहनी है।

क़दम क़दम पर इतने काँटे
सारा रस्ता नागफनी है।

दुख ने मुझको पाला पोसा
सुख से मेरी नहीं बनी है।

ओस चाटकर प्यास बुझाना
बस इतनी ही आमदनी है।

नेता बोला कुर्सी दे दो
कुर्सी मेरे लिए बनी है।

32

इश्क़ हुस्न के बहुत निकट है।
इसीलिए इतनी खटपट है।

क़दम क़दम पर है मृगतृष्णा,
गहराया नैतिक संकट है।

हर युग में मजनूँ की चिन्ता,
उलझ गयी लैला की लट है।

मुर्दे को ही नींद मयस्सर
जीना करवट से करवट है।

काल की लाठी जब चलती है,
मिलती नहीं कोई आहट है।

शेख़ ने बोतल खाली कर दी,
मेरे लिए बची तलछट है।

इतनी सुविधा कहाँ मिलेगी!
घर से सटा हुआ मरघट है।

असली पूँजी राम नाम है,
बाकी सब कूड़ा करकट है।

33

अब इंसान नहीं हूँ अब मैं केवल वोटर हूँ।
मतदाता सूची पर अंकित काला अक्षर हूँ।

वोटर बस वोटर होता है कोई व्यक्ति नहीं,
क़ैदी का जैसे नम्बर होता है, नम्बर हूँ।

एक गुलामी गयी, नयी कितनी गुलामियाँ हैं,
पिंजरे से बाहर हूँ लेकिन पंछी बेपर हूँ।

नेता अपराधी है या अपराधी है नेता?
सच को सच कहते डरता हूँ, इतना कायर हूँ।

पड़ा भँवर में हारा मतदाता हूँ किसे चुनूँ?
मगरमच्छ को या कि डूबती नौका जिस पर हूँ।

महाआरती की वेला, बढ़ गया बेसुरापन,
इस लयतालहीन गायन में मैं गूँगा स्वर हूँ।

34

आदर्शों की चिता जल रही युग का क्रन्दन देख रहा हूँ।
धधक रही है अन्तर्ज्वाला मानसमन्थन देख रहा हूँ।

हमने क्या सपने देखे थे, क्या परिवर्तन देख रहा हूँ,
असुरों से आतंकित मोहन का वृन्दावन देख रहा हूँ।

भारत क्या आज़ाद हुआ, आज़ाद हो गये नारीभक्षी,
द्रौपदियाँ संकट में हैं, इतने दुःशासन देख रहा हूँ।

बुला रही हमको मृगतृष्णा, टूट रही हैं मर्यादाएँ,
क़दम क़दम पर लक्ष्मणरेखा का उल्लंघन देख रहा हूँ।

हमें रसातल तक पहुँचाने की मिलजुल कर तैयारी है,
नेता अपराधी दोनों का प्रेमालिंगन देख रहा हूँ।

मन में ऐसा क्या आया जो राजाराम न लौटे वन से,
अवधपुरी में रावणलीला का आयोजन देख रहा हूँ।

इतने तो लालची नहीं थे कभी राम के सैनिक पहले,
बहुतों के मन में सिंहासन का आकर्षण देख रहा हूँ।

35

आराधन पूजन वन्दन गुणगान चल रहा है।
देवी कितनी बलि लेगी अनुमान चल रहा है।

जिन पुजारियों ने मन्दिर को जमकर लूटा है
उन्हें पुरस्कृत करने का अभियान चल रहा है।

रोज़ हो रही भारी उनके पापों की गठरी
मेरे कन्धों पर उनका सामान चल रहा है।

हवन कुण्ड में आहुति बनना नियति हमारी है
उनका उत्सव है, अपना बलिदान चल रहा है।

सोया पड़ा किनारा लहरों में ख़ामोशी है
मुझे ले चलो वहाँ जहाँ तूफ़ान चल रहा है।

36

उसका घर पश्चिम नहीं, पूरब नहीं।
कौन सा है दिल कि जिसमें रब नहीं।

मेरा मज़हब है—सभी को प्यार कर
उनको भी जिनका कोई मज़हब नहीं।

बाँध ले आलिंगनों में विश्व को,
सबके आगे सर झुका पर दब नहीं।

देवता भी हैं, मनुष्यों में छिपे,
असुर भी हैं, किन्तु सब के सब नहीं।

जो हैं दिलवाले उन्हीं पर दिल लुटा,
मतलबी लोगों से रख मतलब नहीं।

पालना है पेट, पाठक कुछ तो कर,
शे'र कहना तो कोई करतब नहीं।

37

अब कभी वातावरण से छल न हो।
यह धरा, आकाश यह घायल न हो।

वह न दिन आये कि जब बादल न हो,
आ चुका मधुमास हो, कोयल न हो।

बस्तियाँ बस कर उजड़ जाती हैं वे,
जिनकी सीमा पर कोई जंगल न हो।

देखती है रूप जल में रूपसी,
स्वच्छ जल में देखना हलचल न हो।

लहलहाती रहें फ़सलें दूर तक
दूर तक भी अब कोई मरुथल न हो।

होश में यदि आज हम आये नहीं
आज से ज़्यादा भयानक कल न हो।

38

सफ़र में मेरे क़दमों को मेरे दिल का सहारा है।
नज़र धुँधली भले हो, मेरी नज़रों में सितारा है।

ये सूरज, चाँद, तारे, यह हरी धरती, ये नीली छत,
ये धन बाँटा नहीं जाता ये मेरा है, तुम्हारा है।

बहुत से लोग दौलत के वज़न से दब के मरते हैं,
मुझे बस उतना दे दो, जितने से होता गुज़ारा है।

हमेशा के लिए जब द्वार दिल के बन्द कर डाले,
ये दस्तक किसने दी है, देखना, किसने पुकारा है।

ज़माने भर की नदियों का समन्दर पी गया पानी,
मगर मीठा न हो पाया, जो खारा था सो खारा है।

39

दुनिया है बाज़ार यहाँ तन बिकता है यौवन बिकता है।
हम विकास कर चुके वहाँ तक जहाँ पहुँचकर मन बिकता है।

सतयुग में तो तप करना पड़ता था, लेकिन अब सुविधा है।
धनबल, छलबल और बाहुबल हो तो सिंहासन बिकता है।

ऐसा क्या है राजनीति के बाज़ारों में जो न बिक सके,
मन्त्रालय कुछ महँगा थोड़ा सस्ता राजभवन बिकता है।

अलग अलग हैं दाम समर्थन के, विरोध के, बहिर्गमन के,
कुछ पैसों पर मौन अधिक पैसों पर अनुमोदन बिकता है।

चारण-भाट समेत जहाँ पर सब बन्दीजन आमन्त्रित हों,
पुष्पवृष्टि का भी प्रबन्ध हो ऐसा आयोजन बिकता है।

कौओं का मन बहलाने को गाना पड़ता है कोकिल को,
कोकिल ने आनाकानी की तो उसका मधुवन बिकता है।

ऐसे भी घर हैं जिनमें यदि मौत किसी की हो जाए तो,
रोनेवाली ख़ुशी ख़ुशी रो जाती हैं रोदन बिकता है।

धरती पर अब जगह नहीं है आकर महानगर में देखो,
केवल ऊपर जगह बची है अब तो यहाँ गगन बिकता है।

नकली भगवानों के कारण ख़तरे में भगवान यहाँ है,
यहाँ देव का दर्शन, आराधन, प्रसाद, प्रवचन बिकता है।

40

आँधी या बवण्डर नहीं, कोई भँवर नहीं।
मंज़ूर मेरी नाव को ऐसा सफ़र नहीं।

कोई तो हो बिकने को जो तैयार नहीं हो–
ईमान ज़रा भी हो इधर से उधर नहीं।

इस शहर में यूँ तो गगनचुम्बी मकान हैं
रिश्तों की नींव पर हों खड़े ऐसे घर नहीं।

तुम मेरे ख़यालों में सुबह शाम रही हो,
होने दी भले ही तुम्हें इसकी ख़बर नहीं।

हर रास्ते को काट रहा रास्ता कोई,
हमराह भी हो सकते थे हम तुम मगर नहीं।

41

नदी जो कल दिख रही थी गुमसुम, वो वक़्त पाकर उफ़ान पर है।
जो धूल पैरों तले पड़ी थी, वो आँधियों की उड़ान पर है।

हथेलियों पर बिछी हुई लाइनों के जंगल में खो रहे हो,
तुम्हारी क़िस्मत का लेख क़दमों से बन रहे हर निशान पर है।

वो चाहे संगीत हो कि जीवन, बहुत ज़रूरी है सम पर आना,
ज़मीन पर पाँव तो जमे हैं, भले ही सर आसमान पर है।

हमीं ने नारी को मार डाला या खुदकुशी कर रही है नारी?
जो घर की—आँगन की कल थी शोभा, वो आज बिकती दुकान पर है।

उन्हें मिली प्यार की जो खुशबू, हवाएँ घर घर हैं बाँट आयीं,
कही जो चुपके से मैंने तुमसे, वो बात सबकी ज़ुबान पर है।

ये चाँद-सूरज, ये फूल-कलियाँ सभी को अब शुक्रिया हमारा,
हमारी छाया है हमसे लम्बी हमारा सूरज ढलान पर है।

42

दया-धर्म-ईमान खो गया, जीने का सामान खो गया।
पैसे ने सब जगह घेर ली, मन्दिर से भगवान खो गया।

दुनिया का सबसे विराट जनतन्त्र रूप ले रहा अभी था,
तभी बाँध कर दल संसद में डाकू घुसे, विधान खो गया।

आदर्शों पर ऐसी मार पड़ी सच्चाई लगी बिलखने,
जहाँ कहीं भी शासन में जो कुछ था बचा महान, खो गया।

रंगमहल की चहल पहल में राजा डूबा, मन्त्री डूबे,
उन्हें होश ही नहीं कहाँ सीमा पर कौन जवान खो गया।

आज़ादी के रखवाले ही आज़ादी को बेच खा गये,
इनके हाथों अमर शहीदों का पावन बलिदान खो गया।

हर योजना बन गयी छलना, सारे सपने झूठे निकले,
कितनी लम्बी रात हुई यह, इसका कहाँ विहान हो गया?

बनते गये प्रदेश एक पर एक देश को भूल गये सब,
अलग अलग टुकड़े बिखरे हैं, पूरा हिन्दुस्तान खो गया।

43

ज़रूरतों की तो एक हद है जो रोटी, कपड़ा, मकान पर है।
हमारे लालच की हद नहीं है, जो सातवें आसमान पर है।

मेरे तुम्हारे दिलों की बातें तो आँखों आँखों में हो रही थीं,
ख़बर न थी कानों कान जिसकी, वो आज सबकी ज़बान पर है।

भविष्यवाणी का उनकी फल है, उगा है पूरब में तब तो सूरज,
बयान क्या होगा आज नेता का, यह हवा की रुझान पर है।

सभी पखेरू हैं पंखवाले, जो आसमाँ छू सकें वो कम हैं,
नज़र में उसकी है उतनी दुनिया, जो जितनी ऊँची उड़ान पर है।

अगर जुबाँ खुल नहीं सके तो नज़र से ही फ़ैसला सुना दो,
मेरा ख़ुदा मेरे सामने है, तुम्हारा तो आसमान पर है।

44

जहाँ से है अमृत निकला, वहीं निकला ज़हर भी है।
जिसे पाने की आशा है उसे खोने का डर भी है।

नये युग के कई वरदान अब अभिशाप जैसे हैं,
ख़ुशी छायी है होठों पर तो ग़म से आँख तर भी है।

ज़माना हो गया अब तो कोई रिश्ता नहीं उनसे
मगर बीते ज़माने का अभी कुछ कुछ असर भी है।

ये मत समझो पुजारी आरती करने में खोया है,
चढ़ावा जिसमें आता है नज़र उस थाल पर भी है।

दुकानों में जहाँ गाहक की होती है बहुत ख़ातिर
वहीं हँस हँस के जेबें काट लेने का हुनर भी है।

निराले हैं बड़े अन्दाज़ मेरे देवता के भी,
ख़बर रखता है सब कुछ और दिखता बेख़बर भी है।

ये दिल अब झील है जिसमें कोई हलचल नहीं, फिर भी—
हवा यादों की चलती है तो उठ पड़ती लहर भी है।

45

जिये ख़ुद के लिए जो उसके जीने में धरा क्या है!
वो घाटे में है, जो बस देखता है, फ़ायदा क्या है?

कभी रोने का जी चाहे, हँसी आ जाय रोने पर,
मयस्सर हों न ऐसे पल तो जीने में मज़ा क्या है?

जहाँ भी स्वर्ग है क्यों पास ही उसके नरक भी है,
अमृत के पात्र में कुछ कुछ ज़हर जैसा मिला क्या है?

दिखाई दी धरा पर अप्सरा तो बात कर ली थी,
ज़रा सी बात का ऐसा बतंगड़ सा बना क्या है?

अँधेरी रात में छायी अचानक रोशनी कैसी?
मेरे आकाश पर यह तेरे चेहरे सा उगा क्या है?

किसी ने ले लिया था दिल, जवानी वक़्त ने ले ली,
बताओ अब बचाने के लिए बाकी बचा क्या है?

बनाने वाले को भी आदमी ने ही बनाया है,
अगर इंसान है इंसान तो फिर देवता क्या है?

46

कितने कितने तरह के दर सारे।
कुछ के आगे झुके हैं सर सारे।

एक तिनका सा मैं, ख़िलाफ़ मेरे,
आँधियाँ सारी, बवण्डर सारे।

बर्तनों की वही है टकराहट,
मेरे घर जैसे ही हैं घर सारे।

इसमें तहज़ीब है बड़प्पन है,
घर में डरते ही हैं शौहर सारे।

पत्र नल का है कि दमयन्ती का
अश्रु में डूबे हैं अक्षर सारे।

कितना मीठा है मेरा छोटा कुआँ
कितने खारे हैं समन्दर सारे।

आदि मिट्टी है अन्त है मिट्टी,
हो गये ख़ाक सिकन्दर सारे।

47

इस जगह जो मकान था वह अब नहीं रहा।
हर दिल खुला जहान था वह अब नहीं रहा।

झगड़ों के आर पार भी जो प्यार का सलूक़,
लोगों के दरमियान था वह अब नहीं रहा।

आकाश को ढकती हुई तब कोठियाँ न थीं,
फैला सा आसमान था वह अब नहीं रहा।

हर एक को हिस्से में मिली कोठरी है अब,
लम्बा-सा इक दलान था वह अब नहीं रहा।

इतिहास का गवाह वो बरगद बुज़ुर्गवार–
जो गाँव भर की शान था, वह अब नहीं रहा।

जो वक़्त जा चुका है वह लौटेगा अब नहीं,
तब मैं जो नौजवान था वह अब नहीं रहा।

48

आदमी चाहता सँभलना है।
किन्तु मन को तो बस फ़िसलना है।

सारी दुनिया है दौड़ में, सबको
सबसे आगे यहाँ निकलना है।

चाल चलती रहेगी दुनिया तो
फिर भी दुनिया के साथ चलना है।

फ़र्क़ सूरज को कुछ नहीं पड़ता
जैसे उगना है वैसे ढलना है।

रुख़ हवा का बदलने निकला था
अब तो ख़ुद को मुझे बदलना है।

कैसे जीते हैं जिनकी किस्मत में
अश्क पीना, लहू उगलना है।

ज़िन्दगी पर है उनका भी अहसान,
जिन सराबों से मन को छलना है।

आप आकाश पर, जमीं पर मैं
आपसे मेरी कोई तुलना है?

49

कमाती वह है तो घर चल रहा है।
चलाए उसके शौहर चल रहा है।

ठहाके हैं, हँसी है एक परदा,
कोई तूफ़ान भीतर चल रहा है।

ग़रीबी में नहीं है 'दाल' गलती,
ये क़िस्सा आज घर घर चल रहा है।

उसी के नाम खुलती लाटरी है
वो नेता है, मुक़द्दर चल रहा है।

बहारें क़ैद उसकी मुट्ठियों में,
हमारे घर तो पतझर चल रहा है।

उसी की चित है, पट भी है उसी की
वो किस्मत का सिकन्दर चल रहा है।

कला कुछ भी नहीं, केवल गला है,
गलेबाज़ी से शायर चल रहा है।

किसी को मौत का अनुभव नहीं है,
तो फिर क्यों मौत का डर चल रहा है।

कोई छिपकर चलाता है इसे, या–
स्वयं ही यह चराचर चल रहा है।

50

गुलामी और आज़ादी का अन्तर जानना होगा।
नयी है हथकड़ी, बेड़ी नयी, पहचानना होगा।

लहू भर चूसते हैं हड्डियाँ सब छोड़ देते हैं,
बड़े दिलदार हैं नेता हमारे, मानना होगा।

नये यमदूत हैं घेरे खड़े देवों की सूरत में,
दबी गर्दन है जिन चरणों से उनको पूजना होगा।

हमीं ने डोर सौंपी इनको हम कठपुतलियाँ भर हैं,
इन्हें हक़ है नचाएँ जैसे हमको नाचना होगा।

भयानक है विनय इनका, विषैली मुस्कुराहट है,
इशारा हुक्म है इनका, हमें बस मानना होगा।

वो गर्दन जिसको होना चाहिए फाँसी के फन्दे में,
झुकी है सामने तो हार उसमें डालना होगा।

कफ़न के साथ लकड़ी भी चिता की मुफ़्त वादा है,
जिऊँ या मर मिटूँ इनकी अदा पर, सोचना होगा।

51

कहाँ है दिल वो जिसमें ग़म नहीं है।
किसी का ग़म किसी से कम नहीं है।

समय को सौंप दे हर घाव दिल का
समय जैसा कोई मरहम नहीं है।

बदलते वक़्त पर हँसते हैं आँसू
चिरस्थायी कोई मातम नहीं है।

अभागा है जो बोझिल अपने सुख से
जिसे औरों का कोई ग़म नहीं है।

हृदय को छूट है खुद गुनगुनाये
हवाओं में अगर सरगम नहीं है।

अभी इंसानियत को है ठिठुरना
अभी मधुमास का मौसम नहीं है।

मेरी हर बात पर उनका है कहना
तुम्हारी बात में कुछ दम नहीं है।

52

हाथ हों भले मिलते किन्तु मन नहीं मिलता।
दूरियाँ मिटा दे जो, वह मिलन नहीं मिलता।

देवता हैं मंचों पर शब्द शब्द अमृत है,
पास जा के देखा तो आचरण नहीं मिलता।

इतनी तेज़ महँगाई एक गुनाह है जीना,
जेब और रोटी का सन्तुलन नहीं मिलता।

आपने भी देखा है उस गरीब का जीवन,
जिसको मौत मिलती है पर कफ़न नहीं मिलता।

अपने काम आता है चाँद का अधूरापन,
जिसमें रोज़ पूनम हो वह गगन नहीं मिलता।

शानदार मौतों से ज़िन्दगी निखरती है,
जिस पै मर मिटें सबको वह मरण नहीं मिलता।

53

हमें वोट दीजिए आपको साँसों पर अनुदान मिलेगा।
जीवन और मरण जैसा चाहेंगे आलीशान मिलेगा।

जैसे मछली को हक़ है वह छोटी मछली को खा जाए,
सब भूखे मरनेवालों को अवसर सदा समान मिलेगा।

जनता से वादा है रोटी की तस्वीर, लँगोटी बढ़िया,
नीली छत वाला घर सबको खुला हुआ मैदान मिलेगा।

यह चुनाव केवल मेरा ही नहीं आपका भी चुनाव है,
जैसी भी अन्त्येष्टि आप चाहेंगे, सब सामान मिलेगा।

मरघट सब वातानुकूल हों, कोई कष्ट न हो मुर्दों को,
जो जैसे भी जलना चाहे, मनचाहा वरदान मिलेगा।

जो समानधर्मा हैं उनमें भाईचारा रहे, इसलिए—
मन्त्री डाकू से, डाकू मन्त्री से सीना तान मिलेगा।

घूसखोर भी मानव ही हैं उनके अपने मौलिक हक़ हैं,
वे जेलों में हों या बाहर, उन्हें उचित सम्मान मिलेगा।

बाहुबली जो वीर पुरुष कन्याओं का अपहरण करेंगे,
उनका अभिनन्दन करने को उनसे ग्रामप्रधान मिलेगा।

जहाँ आज न्यायालय हैं कल वहाँ स्वच्छ शौचालय होंगे,
ले लो खुद क़ानून हाथ में, ऐसा तुम्हें विधान मिलेगा।

54

स्वप्न महल का द्वार जवानी द्वार पै बन्दनवार जवानी।
हर दिन होली और दिवाली हर पल है त्योहार जवानी।

इठलाती बलखाती चढ़ती नदिया की है धार जवानी।
गरजे तो बादल का गर्जन बरसे मूसलधार जवानी।

नभचुम्बी लहरों का तेवर हर हर करता ज्वार जवानी।
जाती है तो छोड़ के जाती है बस खरपतवार जवानी।

ये दिन चहल पहल के दिन हैं झाँझ, मृदंग सितार जवानी।
उम्र मनाती है जब उत्सव नस नस में अंगार जवानी।

मोहक सपनों की महफ़िल है मनचाहा संसार जवानी।
आती है तो पतझर को कर देती है गुलज़ार जवानी।

हर्गिज़ नहीं बुझाए बुझती ज्वाला का विस्तार जवानी।
हर दम प्यासी की प्यासी ही हरदम हाहाकार जवानी।

न्योछावर होने को तत्पर लुटने को तैयार जवानी।
फूलों की है सेज यही यह तेज़ छुरे की धार जवानी।

पँखुरियों का हार कभी तो स्वर्णमुकुट का भार जवानी।
इतिहासों के पन्ने रँगती है रक्तिम बौछार जवानी।

धरती ने जब भी माँगा देती है शीश उतार जवानी।
औरों को अमृत देकर विष करती है स्वीकार जवानी।

जिनको प्यारी नहीं चुनौती उनकी है बेकार जवानी।
दुश्मन सबसे बड़ा बुढ़ापा सबसे प्यारा यार जवानी।

जो कुछ है इस पार यहीं है कहीं नहीं उस पार जवानी।
सर आँखों पर रखने लायक प्रियतम का उपहार जवानी।

55

ज़िन्दगी उत्सव है, यह उत्सव सदा चलता रहे।
आँसुओं की धार पर भी क़हक़हा चलता रहे।

किस तरफ़ हम हैं—कहाँ हैं—कुछ तो हो हमको पता!
सुर-असुर संग्राम का यह सिलसिला चलता रहे।

यह अँधेरों की है फ़ितरत खुद कभी हटते नहीं,
जब तलक सूरज न आ जाए दिया चलता रहे।

आदमी माना अकेला देश में है, काल में।
हमसफ़र मिल जाएँगे यदि रास्ता चलता रहे।

जो खुदा तेरा है उस पर कुछ तो हक़ मेरा भी है,
मैं चलूँ, साया मुझे देता खुदा चलता रहे।

ज़िन्दगी क्या और क्यों है? हो नहीं तो हर्ज़ क्या?
फ़ैसला हर्गिज़ न होगा, मामला चलता रहे।

छूट जाए चाहे बचपन, बचपना छूटे नहीं,
नाव काग़ज़ की लहर पर डालना चलता रहे।

आदमी को दिल मिला है हार जाने के लिए,
हार में भी जीत जाने का मज़ा चलता रहे।

मैं न वैरागी, न संन्यासी, न मैं कोई फ़क़ीर,
मेरा सबके सुख से, दुख से, वास्ता चलता रहे।

56

जहाँ जन्नत थी दोज़ख का वहीं से सिलसिला निकला।
जहाँ अमृत मिला विष का वहीं से पात्र था निकला।

भटक कर राह मैं जिस काफ़िले में हो गया शामिल,
वो पूरा काफ़िले का काफ़िला भटका हुआ निकला।

ये दुनिया कोठरी काजल की है सब अपने जैसे हैं,
नहीं कोई भी अब तक दूध का धोया हुआ निकला।

वो शायर था ज़माने भर के दिल पर राज करता था
जो उसके दिल में देखा झाँककर टूटा हुआ निकला।

लुटा दी ज़िन्दगी जिस पर उसी ने है मुझे लूटा,
लगी थी आग जिससे घर में वह घर का दिया निकला।

ख़ुदा की राह पर जीवन बिताने घर से निकला तो,
उसी बुत की गली से होके मेरा रास्ता निकला।

तेरे शे'रों में पाठक यह बुनावट यह बनावट क्यों?
कोई तो शे'र हो जो दिल से हो बेसाख़्ता निकला।

57

जहाँ सरकारी दख़ल है,
सुधा में भी कुछ गरल है।

योजनों की योजनाएँ,
योजना से अधिक छल है।

यह सफ़ेदी और यह करतूत
बगुलों की नक़ल है।

खाल जिसकी है बहुत मोटी
वही नेता सफल है।

सन्त चोरों से घिरे हैं,
कीच में खिलता कमल है।

प्रश्न से भागो नहीं तो,
प्रश्न का उत्तर सरल है।

फिर न ऐसे लोग होंगे,
जान लो अन्तिम फ़सल है।

हाल पूछे हैं किसी ने
उधर से मीठी पहल है।

58

फ़ाकेमस्ती में दिन बिताना है।
ख़ूब शायर का भी घराना है।

दर्द तो है छिपा के रखना ही
और ऊपर से मुस्कुराना है।

लोग तहज़ीब जिसको कहते हैं,
ऐब को हुनर से छिपाना है।

वक़्त की ठोकरें जहाँ ले जायँ,
बस समझ लो वही ठिकाना है।

खँडहर हो, महल हो, कुटिया हो,
आशियाना तो आशियाना है।

दान पतझर ने कर दिया सब कुछ
अब तो हर गुल नया खिलाना है।

स्वर्ग पाना हो तो मरो पहले,
राग यह वक़्त से पुराना है।

कोई ठहरा नहीं कभी पुल पर,
पुल से बस होके गुज़र जाना है।

ज़िन्दगी इन्तज़ार का है नाम,
साँस लेना तो इक बहाना है।

59

मुस्कानें मिलती रहीं, आँसुओं का पथ पर अम्बार मिला।
सारा जीवन है ग़मक उठा पल दो पल को जब प्यार मिला।

जीवन के पथ पर एकाकी चलना जीवन को ढोना है,
मौसम हो उठा सुहाना है, दिल से जब दिल का तार मिला।

ज़िन्दगी मिली है ख़ुशबू-सी औरों पर सिर्फ़ लुटाने को,
ख़ुशबू समेटना चाहे जो उसको जीवन बेकार मिला।

आदमी बनाता है जन्नत जन्नत ज़मीन पर बनती है,
कितना शृंगार किया उसका तुमको जो था संसार मिला।

आदमी आदमी में कोई छोटा या बड़ा नहीं होता,
जो राजा दिल का राजा है, जन जन से मुकुट उतार मिला।

दुनिया के कुछ बाज़ारों में ख़ुद ख़रीदार बिक जाते हैं
मुँह फेर बढ़ गया मैं आगे जब भी ऐसा बाज़ार मिला।

जीवन है युद्ध महान अगर तो उसे शान से लड़ना है,
बेपानी दोस्त मिले तो क्या दुश्मन तो पानीदार मिला।

औरों की थाली का लड्डू कल तक आकर्षक दिखता था,
अपनी रोटी अब भाती है, पाठक में बहुत सुधार मिला।

60

फिर मुझे जीने का यदि अवसर मिले।
फिर वही परिवेश फिर वह घर मिले।

स्नेह की जिससे घनी छाया मिली,
फिर वही टूटा हुआ छप्पर मिले।

बात सीधे मुँह न की जिसने कभी,
फिर वही कोमल हृदय पत्थर मिले।

उन दुखों को सह के कितना सुख मिला,
जो अभावों में मुझे अक्सर मिले।

चीथड़ों में भी ग़ज़ब के लोग थे,
जब कभी मिलना हुआ खुलकर मिले।

अब न भोलापन कहीं आता नज़र,
राह चलते कितने तब शंकर मिले।

फिर उसी से करने हैं मीठे सवाल,
जिन सवालों के नहीं उत्तर मिले।

61

मुझसे सब पूछते हैं ख़ुशी का पता,
कैसे दूँ मैं किसी अजनबी का पता।

ले के पर्वत से सागर तलक उसका घर
कितना फैला हुआ है नदी का पता।

वह तो दिखलाई देती है औरों में ही,
किसको होता है अपनी कमी का पता?

ज़िन्दगी भर रही ज़िन्दगी ढूँढ़ती,
मिल न पाया उसे ज़िन्दगी का पता।

पर्वतों पर नहीं दिल की गहराई में,
ढूँढ़ लो असली संजीवनी का पता।

आँसुओं से जहाँ मुस्कुराहट मिले,
बस वो संगम ही है शायरी का पता।

62

नहीं मालूम दुनिया को कि दुनिया चाहती क्या है?
वही ढोएँगे कल अर्थी जिन्होंने आज मारा है?

ये सूरज चाँद तारे, धूप छाया, यह हवा ठण्डी,
सभी कुछ है सभी का कुछ न मेरा या तुम्हारा है।

ज़माने में हमेशा दो तरह के लोग होते हैं।
जो दुनियादार हैं या जिसने दुनिया को सँवारा है।

हमेशा फ़ायदे की सोचना सौदा है घाटे का
सुना है अक्लमन्दों के लिए काफ़ी इशारा है।

ज़माने भर की नदियों का समन्दर पी गया पानी,
मगर मीठा न हो पाया जो खारा था सो खारा है।

वो सूची गलतियों की है जिसे इतिहास कहते हैं,
हराने जो चला है दूसरों को ख़ुद से हारा है।

63

‘नहीं’ ‘हाँ’ से भी है सुहानी तुम्हारी।
मुखर है बहुत बेज़ुबानी तुम्हारी ॥

ये परदा हया का बहुत जँच रहा है,
नज़र हो गयी है सयानी तुम्हारी।

यहाँ की सभी बुलबुलें, कोयलें सब,
लगी बोलने अब हैं बानी तुम्हारी।

हुकूमत तुम्हारी है सबके दिलों पर
जहाँ हो वहीं राजधानी तुम्हारी।

जवानी ने मुझको छकाया बहुत है
तुम्हें रास आये जवानी तुम्हारी।

बनाया तुम्ही ने बिगाड़ा तुम्ही ने,
मैं जो कुछ भी हूँ मेहरबानी तुम्हारी।

ज़मीं पर उतरना कभी तो बताना
अभी बात है आसमानी तुम्हारी।

सभी के घरों में हैं मिट्टी के चूल्हे,
कहानी है सबकी कहानी तुम्हारी।

बगीचे का रुतबा बढ़ाते हैं दोनों,
मेरे कैक्टस रातरानी तुम्हारी।

64

दृष्टिकोण कितने, सिर कितने!
एक प्रश्न के उत्तर कितने!

असली से भी ज़्यादा नकली
मानव-मन में हैं डर कितने!

एक साथ चलते रहते हैं,
कलजुग, सतजुग, द्वापर कितने!

अन्तिम सच केवल माटी है
आये गये सिकन्दर कितने!

मैं आदमी और तुम नेता,
मुझमें तुममें अन्तर कितने!

जेलों में तो इने गिने हैं,
मुजरिम हैं कुर्सी पर कितने।

चिड़ियों की पूरी बस्ती है,
पीपल में हैं कोटर कितने!

उनसे चार हुईं क्या आँखें,
उठने लगे बवण्डर कितने!

जो भी तुकबन्दी करते हैं,
उस सबमें हैं शायर कितने!

65

नेता उभर रहा है अख़बार के सहारे।
चढ़ती है लता जैसे दीवार के सहारे।

भगवान खो गया है भगवान की कथा से,
व्यापार चल रहा है अवतार के सहारे।

उम्मीद है हूरों की उम्मीद है परियों की,
इस पार का धन्धा है उस पार के सहारे।

पतवार को नौका ने सीने से लगाया है,
तो नाव भी चलती है पतवार के सहारे।

करता है हिफ़ाज़त जो इतनी बड़ी दुनिया की,
अब उसकी हिफ़ाज़त है तलवार के सहारे।

बाजी जो उनसे हारी वह जीत हमारी है,
दिल जीत लिया उनका इक हार के सहारे।

रोगी तो रहे ज़िन्दा पर रोग न मर जाए,
कुछ डॉक्टर हैं जीते बीमार के सहारे।

66

देवता से जो तुम्हारी प्रार्थना है।
देखता हूँ याचना ही याचना है।

देवता की याद आयी उस घड़ी में
हो गया जब मुश्किलों से सामना है।

सीपियाँ ही लूटने में रह गये तुम,
मोतियों की सरासर अवमानना है।

प्रेम का भी अंश पूजा में मिला हो
बस तभी आनन्द की सम्भावना है।

दूरियाँ सारी मिटाकर मिलो उससे
यह निकटता ही सही आराधना है।

देवता की खोज की है आदमी ने
आदमी ही ईश्वर का आईना है।

67

सफ़र में ज़िन्दगी के कितना कुछ सामान रहता है।
वो ख़ुशकिस्मत है, जिसका हमसफ़र ईमान रहता है।

सुखी वह है ज़मीं से जो जुड़ा इंसान रहता है,
नदी चलती है झुककर रास्ता आसान रहता है।

मेरा परमात्मा मेरी तरह बिल्कुल अकेला है,
मुझे उसका उसे मेरा हमेशा ध्यान रहता है।

वे मरकर भी अमर हैं, प्यार है, तप-त्याग से जिनको,
चला जाता है जब इंसान, तब बलिदान रहता है।

मेरे भी पास यादों और सपनों के ख़ज़ाने हैं,
भिखारी के भी घर में कुछ न कुछ सामान रहता है।

ज़रूरी है करे नेकी तो ख़ुद दरिया में डाल आये,
निराशा उसको होती है जो आशावान रहता है।

ये दुनिया धर्मशाला है, यहाँ बस आना जाना है,
यहाँ ऐसे रहो जैसे कोई मेहमान रहता है।

हृदय है एक मन्दिर, देवता जिसका निवासी है,
मगर मन्दिर के कोने में छिपा शैतान रहता है।

68

नहीं पहचान पाया मैं उसे वह द्वार पर आया।
उसे मैं ढूँढ़ने मन्दिर गया वह मेरे घर आया।

हमारी ज़िन्दगी है बीत जाती मौत से डरते,
न जीने की कला आयी न मरने का हुनर आया।

वो अपनी आत्मा को बेचकर धनवान बन बैठा,
सही कीमत लगी तो उसके हिस्से में सिफ़र आया।

ज़माने ने चुना जो रास्ता है, मतलबी है वह,
न दुनिया ने दिशा बदली न उनकी राह मैं आया।

ज़रा सी नाव मेरी और टक्कर बीच धारा से
मुझे आख़िर विदा देने किनारे तक भँवर आया।

ज़माने भर से ख़बरें आ रही हैं तेज़ बारिश की,
मैं प्यासा रह गया, बादल नहीं कोई इधर आया।

समय के एक झोंके ने कई पन्ने उलट डाले
पुराना दर्द था, ठण्डी हवा छूकर उभर आया।

69

नेता जी सुबह उठकर सूरज को जगाते हैं।
बस्ती के परिन्दों को फिर उड़ना सिखाते हैं।

तालीम ये देते हैं फूलों को महकने की
फिर काँटों को चुभने का अन्दाज़ बताते हैं।

जब चाहें हवा का रुख़ दम भर में बदल दें ये,
तूफ़ान उठाते हैं बिजली ये गिराते हैं।

नेता से बिना पूछे भूचाल नहीं आते
बादल को गरजने का ये पाठ पढ़ाते हैं।

मन्दिर में ये गाते हैं शयनारती विनय से
आवाज़ के सोते ही हरकत में आ जाते हैं।

70

देवता हैं मुझे धरती पर मिले।
आपको शायद कोई ऊपर मिले।

कोई तो मिलता कि जो आज़ाद हो,
दूसरों पर सब के सब निर्भर मिले।

घर में जिनकी ज़िन्दगी ख़तरे में थी,
उनको जेलों में सुरक्षित घर मिले।

गीत हम समवेत स्वर में गा रहे,
क्या ज़रूरी है कि सबका स्वर मिले।

मुझको तो कोई नहीं अपना मिला
मुझसे भी मिलवाना तुमको गर मिले।

मिल गयी आहट बहारों की मुझे,
राह में जब भी मुझे पतझर मिले।

जो कि अपनी जगह शहंशाह थे
चीथड़ों में भी मुझे शायर मिले।

71

ख़ुद अपने दिल पर अपना नहीं ज़ोर चला है।
औरों से अधिक आदमी ने ख़ुद को छला है।

हालाँकि होम करते मेरा हाथ जला है,
जिसने भला किया है, हुआ उसका भला है।

जीवन है तो उत्थान-पतन होता रहेगा,
मैं ढल गया तो क्या हुआ, सूरज भी ढला है।

जिस हाल में जीने से भी बेहतर लगे मरना,
उस हाल में जी लेना ही जीने की कला है।

दरवाज़े हुए बन्द तो दरवाज़े खुले भी,
जब छाया अँधेरा है तभी दीप जला है।

ज़ुल्फ़ों के अँधेरों में भटकना नहीं अच्छा,
उस पर ही इसे छोड़ दो जिस सर की बला है।

72

अब अच्छे बुरे की सही पहचान नहीं है।
इंसान बने रहना अब आसान नहीं है।

दुनिया को लूटकर लहू दुखियों का चूसकर,
जो दान दिया जाता है, वह दान नहीं है।

अपराध की दुनिया के शहंशाह से तुमने,
पाया है जो सम्मान वह सम्मान नहीं है।

कथनी से बहुत दूर—बहुत दूर है करनी,
ईमान की खाना कसम ईमान नहीं है।

दर्शन तो करा दो मुझे सन्त के, जिसको—
अभिमान नहीं होने का अभिमान नहीं है।

73

कुछ कुछ घायल हर दिल है।
सबका जीवन बोझिल है।

राह इश्क़ की मुश्किल है।
दुनिया खड़ी मुक़ाबिल है।

ढूँढ़ो मेरे मित्रों में,
शामिल मेरा क़ातिल है।

क़ातिल का आभारी हूँ,
क़त्ल कर रहा तिल तिल है।

कोई नहीं बता पाया
जीवन का क्या हासिल है?

स्वर्ग नरक के दफ़्तर का
परदा कितना झिलमिल है?

कुछ तो बदले अब मौसम
अलख जगाता कोकिल है।

74

दुनिया पत्थर दिल होती जाती है।
कविता पत्थर पर दूब उगाती है।

ठण्डा करती है ज्वालामुखियों को
कविता पानी में आग लगाती है।

बंजर सीनों में दिल रोपे कवि ने
कविता धड़कन को ताल सिखाती है।

हैं राग और अनुराग जहाँ मिलते
कविता वाणी के फूल बिछाती है।

उपहास मौत का करती है कविता
कविता जीवन से रास रचाती है।

अपने सुख दुख से कवि बेगाना है
उसको दुनिया की पीर सताती है।

कविता अनमोल धरोहर पुरखों की—
मानवता की यह अनुपम थाती है।

75

भाव की गहराइयाँ भाषा सरल दो।
आईना जो बन सके ऐसी ग़ज़ल दो।

अब ग़ज़ल रंगरेलियों से थक चुकी है
अब 'ग़ज़ल' के अर्थ की सीमा बदल दो।

ग़ज़ल का तन राग है अनुराग मन है,
उसे देसी गन्ध ताज़े फूल फल दो।

है नहीं विश्वास गर्जन में ग़ज़ल का,
उसे पिघली आग दो, लपटें तरल दो।

घाव पर उपदेश का मत नमक छिड़को,
कुछ उसे ठण्डक मिलेगी, अश्रुजल दो।

रूढ़ि की काई हटा दो ग़ज़ल पर से,
पारदर्शी झील को खिलते कमल दो।

ज़िन्दगी के साथ चलना है ग़ज़ल को,
आज उसको आज दो, मत गया कल दो।

मुक्त है हर शे'र मुक्तक हर ग़ज़ल है,
विविधता में एकता का उसे बल दो।

शब्द ले लो, व्याकरण दो उसे अपना,
हल समस्या का यही है, यही हल दो।

76

जग में देना ही पाना है, तुमने ही यह ज्ञान दिया है।
अर्थ दिया मेरे जीवन को मुझको जीवनदान दिया है।

सम्बन्धों में कितना बल है जीवन जीवन का सम्बल है!
आभारी हूँ, तुमने जीने का कितना सामान दिया है।

पाकर भी खो देने का डर जब मैं खोज रहा था उत्तर,
ऐसे में जो काम आ गया तुमने वह भगवान दिया है।

बाक़ी कोई चाह नहीं है, मन में कोई आह नहीं है,
यही मुक्ति है, यही मोक्ष है तुमने जो निर्वाण दिया है।

मिली सभी को भाषाएँ हैं जिनमें प्रेषित आशाएँ हैं,
नर्तन दिया मोर को जिसने उसने पिक को गान दिया है।

तुम हो एक एक अक्षर में, गूँज रही हो मेरे स्वर में,
मेरी ग़ज़ल कहाँ मेरी है, तुमने यह दीवान दिया है।

❑❑